LA CRISIS

LA CRISIS

Carlos Guillermo Navarro

ISBN: 9798807639615
Sello: Independently published

Maquetación: A.G.V.
Publicación: KDP-Amazon

*Me libré de los templos: sonreídme,
donde me consumía con tristeza de lámpara
encerrado en el poco aire de los sagrarios.*
Miguel Hernández

I

Cuando años atrás Julián se empeñó en no estudiar, la moral eclesiástica y social era bastante similar a las vicisitudes por las que había recorrido en el pasado. El muchacho consiguió acomodarse en su pueblo sin necesidad de doctorarse, obteniendo una colocación aceptable. El desligarse de la actuación académica no se acogió en principio bien en la familia, aunque luego se aceptó, considerando el trabajo en una oficina como un acierto.

Formaba parte Julián de una de las familias de alcurnia en su localidad. Su grandeza familiar consistía en la santificación, por lo que se la conocía por ser exponente de una religiosidad exagerada y a la que se la admiraba en su clase social.

La hermana de Julián, Elisa, no se integraba en el círculo de sus compañeras a causa de su aislamiento, cuya razón venía de su mística acentuada y de centrarse sobremanera y exclusivamente en el ámbito parental.

Sus amigas le habían comentado en su mocedad que disfrutase de cualquier cosa existente, aunque fuera algo mínimo. Pero al cabo de los veinte años le embargaba una tremenda timidez. La muchacha rompió su núcleo colectivo de sus salidas a la calle y abandonó los noviazgos que a esas edades se persiguen prematuramente. Había perdido sus oportunidades, y no porque no las tuviese, sino porque se la destinó a una empresa superior. Elisa se había consagrado al espíritu del más allá desde que don Pedro, el párroco, le inculcó el respeto a Dios y la devoción a los santos.

A Julián se le veía a menudo en sus correrías callejeras cuando asistía al cine para ver una película o en los calurosos días del verano donde acostumbraba a tomar el aire libre. Y de sopetón, sin previo aviso, llegaba la muerte, el infortunio y la soledad. El fallecimiento de sus padres constituyó un desgraciado trance que dejó desamparados a los hermanos.

—Y ahora que haré —preguntó Elisa a Don Pedro.

—Ten valor, hija —respondió el párroco—. La resignación es el Don más preciado por Dios, y hay que aprovechar las oportunidades que se nos brindan para estar a bien con Él. Las ocasiones son escasas, y es necesario demostrar que no flaqueamos ante las adversidades.

—¡Ay, padre, usted sabe cuánto sufro!

—Lo sé, hija mía, pero observa a tu hermano que padeciendo lo mismo, se resigna.

—Yo soy más débil.

Elisa comenzó a llorar y don Pedro se apartó sospechando que en su soledad se consolaría.

Julián siguió la costumbre de los pueblos donde son los hombres y no las mujeres los que acompañan a los fallecidos hasta el cementerio. Elisa quedó en su casa custodiada por amigas, y el desánimo la inundó con las sombras de la noche.

Don Pedro, que hacía un lustro que regentaba una de las parroquias del pueblo, se había encargado de la sacrosanta Elisa. Y por su preocupación también se había embellecido el retablo de la iglesia y se había levantado con su ayuda un colegio de párvulos fundado como una institución benéfica. Las maldicientes lenguas fomentaban que actuaba así para salvar su alma, y los que menos le querían, aseguraban que estaba condenado porque a escondidas en el colegio hacía cosas indignas.

Era hombre enérgico que encauzaba a los parroquianos con sus catequesis. La gente influyente le profesaba un elevado reconocimiento, y Elisa le había entregado su alma, que era lo más valioso que atesoraba. El párroco correspondía a la mujer dándole consejos, y ésta se dejaba guiar por su religiosidad.

En el confesionario Elisa se entregaba al sacerdote y nunca soslayaba un insignificante acto pecaminoso, sino que los confesaba en su totalidad para que don Pedro tuviese una noción completa de su vida. Elisa se mostraba reservada, enrejada en su propia casa, y a los ojos del párroco aparecía con suficientes méritos como las santas monjas de clausuras que habían realizado voto de castidad. Don Pedro era el asesor oficial en materia religiosa, y su misticismo recaía sobre las personas en particular y la comunidad en general, intentando crear con ello una conciencia colectiva. A tenor de lo expuesto, Elisa era a la que más influía.

La muchacha no llegaba a descifrar ciertas verdades divinas, y eso la inquietó durante algunos meses e intentó indagarlas, hasta que don Pedro, cansado de aquel galimatías, le ordenó con el ímpetu que le caracterizaba, "basta ya, mujer, no hay causa para que le des más crédito a tus dudas pasajeras que a mis palabras". Elisa, sumisa sierva del sacerdote, obedeció.

Don Pedro acostumbraba a ir por las tardes a las casas de los más fervientes parroquianos. Unas visitas de rigor que en determinados casos no despertaban acogidas cordiales. Percibió el cura esta falta de sintonía, y a partir de entonces visitó a los feligreses que en su consideración estaban preparados para recibir su adoctrinamiento.

Elisa y Julián se deshacían en atenciones con el sacerdote, y éste se personaba en su casa porque se hallaba a gusto. Pasaba largos ratos de charlas que versaban sobre los misterios de la fe y sobre el fútbol.

A días de los fallecimientos, cuando se marchó don Pedro después de una de las visitas, Elisa se refugió en su cuarto. No quería estar con nadie.

"Ha sido un golpe muy fuerte", opinó alguien.

"Dejadla que llore".

"Qué se desahogue".

"Flaqueza de carácter, ¡pobre mujer!".

Así Julián fue quien atendió a los asistentes.

Un amigo de la familia, Octavio, había sufrido con Elisa lo que un señor cuarentón padece por una joven bonita en estos pueblos cuando no le corresponde, porque lo único que consiguió fue desapego de la interesada. Hombre poco lanzado, no supo competir con la religiosidad de nuestra heroína, y ella le desbordó con su inquebrantable fe, quedando herido en su amor propio.

Octavio se le declaró en un momento inadecuado, cuando Elisa se orientaba hacia la senda de la virtud a sus 19 años, en plena inconsciencia y conducida por la mano experta del sacerdote que la santificaba. El deshielo se produjo por la insistencia de Octavio, que no comprendió que lo que más adoraba en ella, que era su virtud, se convertía en su peor enemigo.

Cuando Octavio conoció a Elisa tenía una posición envidiable y hubiera sido el partido adecuado para haberse comprometido, pero remisa la joven en su hacer, y dando las gracias de antemano, había sobrepasado el apuro, desistido y herido en lo más profundo. Desde aquel instante, Octavio, rehecho, se había resignado a su soltería, permaneció en amistad con ella y con el propósito de olvidar.

Octavio hablaba con Julián de la hermana e incluso de las escasas esperanzas en conseguirla. Para Julián era un capítulo borrado de su vida y no le abría expectativas, porque formaba parte de conversaciones frustradas, repetidas y de continua monotonía. La marcha de Octavio, metida la mañana, se lo agradeció.

Eran más de las once cuando Elisa se despertó días después, y se dijo, "lo primero que haré es conversar con don Pedro, no quiero ningún mal para nadie". Se vistió después de asearse y tomó unas tostadas preparadas en la cocina. Se despidió de Julián y se marchó a ver al párroco. Elisa se encaminó en dirección a la iglesia. Necesitaba dialogar con el sacerdote que, no siendo festivo y sí altas horas de la mañana, podría estar lo más probable a solas con él. La iglesia se hallaba vacía. "Tal vez no esté" pensó, y con esa idea de ausencia se introdujo en la sacristía.

El sacristán manejaba cálices, ornamentos y los avíos propios de los oficios. Elisa añadió, al verificar que no estaba el párroco.

—Fabián, ¿y don Pedro?

—Hace quince minutos que ha terminado la misa de las doce y se ha retirado a su casa.

No anduvo demasiado porque la casa del párroco estaba pegada a la iglesia. Don Pedro y Elisa se reunían unas veces en la capilla y otras en casa de la feligresa, y a veces improvisaban una confesión espontánea en cualquier sitio. Era la costumbre inveterada de don Pedro para apoderarse de las interioridades de aquella mujer.

Contempló a Elisa con detenimiento al pasar por la puerta por no haber tenido ocasión de verla en privado después de la muerte de sus padres.

—Supongo que estarás mejor —afirmó el párroco.

—Sí.

—Me haces vacilar sobre la fortaleza que te he inculcado. Hubiese jurado que te había dado entereza y, sin embargo, flaqueas con las pesadas pruebas de la vida.

—No sea usted quisquilloso conmigo. Cuando esas pruebas invaden los sentimientos son difíciles de detener.

—Me imagino que sí, hija. No soy insensible, sino que albergo motivos para hacer de ti una mujer valerosa. Comprendo tu dolor y tu tristeza, no tu desesperación ni tu angustia.

Don Pedro era astuto, imputaba debilidades para que nunca salieran a flote.

—Me asusta usted, don Pedro. ¿No confía en mí?

—No se trata de eso.

—¿De qué entonces?

—De la fragilidad que te observo. Hay un proceso distinto en el hombre y en la mujer. La mujer está más cerca del llanto, más confusa, no sabe a veces qué elegir, se debate entre el sí y el no. Verás, el otro día vino una mujer a confesarse, y no es que yo revele un secreto de confesión, pues como ves no la nombro. Hacía tiempo que la tenía en buen concepto, y se lo sigo teniendo, aunque ¿cómo tener la misma confianza en ella? Me dijo que se inclinaba por un buen hombre que no era el mismo por el que había suspirado. Le expuse lo que significaba ese trueque e intenté averiguar la causa, pero calló, sólo insinuaba que no sabía qué hacer. Como caso es uno, pero te enumeraría muchos idénticos. En realidad no te reprocho nada, sino en pequeña escala te advierto. Soy el mensajero enviado para probar tu voluntad respecto a tu moral, soy el sustento y la base del que se afana para que llegues a más.

—¿Y puedo, padre?

—Te ofendes tu misma con esa pregunta, hija.

Don Pedro cambió de postura, tono, e incluso de modales.

—Perdona que no haya ido estos días a tu casa, he tenido mucho trabajo. ¿Cómo está tu hermano?

—Preocupado por mí.

—Quién no lo estaría.

—Padre, he venido para hablarle de manera reservada.

—¿Quieres ahora?

—Sí, si no hay inconveniente.

—No, ninguno. Vamos, comienza.

II

Feliciano, el primo de Elisa, era un hombre vanidoso desde los inicio de su juventud. Cuando se propuso entrar en el seminario, nadie confiaba en que lo afrontara. Su presunción no se compaginaba con la dedicación a los santos sacramentos, pero la estupenda dosis de docencia de don Pedro influyó para encauzarle. Esta relación de Feliciano con el sacerdote provocó un estrecho acercamiento a Elisa que desembocó en interminables diálogos y en un porvenir de vocación religiosa, aunque la comunicación entre primos no duró mucho, porque varias semanas después, Feliciano se trasladó con sus padres a otro pueblo donde se afincaron, para entrar más adelante en el seminario. Permaneció en el claustro aprendiendo el menester eclesiástico, y de manera preventiva preparándose por si se decidía posteriormente a entrar en una carrera universitaria si necesitaba enfrentarse a los avatares de la vida. Y así Elisa creyó que se había desligado del seminarista.

Cuando la prima se enteró de que Feliciano pasaría unas vacaciones con ellos, se alegró y corrió al lado de don Pedro para informarse sobre los pormenores del acontecimiento. Elisa necesitaba la vuelta de su primo, se angustiaba de curiosidad por verle, y sería un aliciente disfrutar de su compañía para reanudar el contacto después de la muerte de sus padres. Carecía Elisa de amistades porque eran poquísimas las visitas que recibía, y también se sofocaba con la asidua comparecencia de Mercedes.

Le apetecía mantener al lado personas diferentes a las habituales. Incluso había perdido su interés por su vieja amiga, de la que no se hablaba bien en el pueblo. Tenía fama de loca, frívola y destacaba por su desconexión a la moral. Cuando joven flirteó con su hermano Julián, y había oído en el grupo de amigos frases con el trasfondo de ironía de que "tenía ganas". Quizás Mercedes utilizaba más empuje que Julián en los devaneos, y por eso atosigaba; éste, por el contrario, no era ningún echado para delante y conservaba ocultas las inclinaciones de su naturaleza. Mercedes en cambio asediaba porque no se guardaba sus sentimientos. Y sucedió lo que pasa alguna que otra vez, que se rompieron los lazos que hubieran desembocado en duraderos.

Julián tampoco se llevaba muy bien con Feliciano, porque éste, mucho más atrevido, obtuvo favores de besuqueos de Mercedes que el primero no consiguió por su falta de coraje. Esa separación en la actualidad se había reducido de modo considerable.

Los progresos de Feliciano en el seminario llegaban a Elisa por mediación de don Pedro, y se entusiasmaba con los éxitos de su primo. Pero lo que de verdad la había llenado de alegría era que después del fallecimiento de sus padres, había decidido Feliciano viajar a su terruño para saludarlos y compartir la tragedia.

Cuando el seminarista arribó al pueblo, Elisa le abrazó efusivamente, mientras Feliciano se paró en el umbral de la casa como temiendo introducirse en un lugar desconocido. La muchacha emocionada desgranó sus palabras con la emoción del llanto, "Pasa, pasa, no te quedes parado", y continuó, "Dime, ¿cuánto vas a quedarte?". Acuciado por la pregunta, Feliciano respondió "no lo sé, hasta que me echéis"

—Se nota que habéis variado poco —reanudó Feliciano la conversación en el salón acomodándose en una de las butacas.

—Lo que da el paso de los años —Elisa sonrió mientras se sentaba.

—Tú, prima, sigues igual de guapa.

—No está bien que un seminarista diga esas cosas.

—¿Por qué no? ¿Es que no se nos permite admirar la belleza?

—¿Os enseñan a decir piropos a las mujeres?

—Esos requiebros se almacenan dentro de nosotros desde nuestra juventud, y sueltan la galantería cuando contemplamos una hermosura como la tuya.

—Eres tremendo. Me enorgullece que seas el hombre de antes.

—¡Cómo es posible! Antes no te hubieras atrevido, y ahora estás segura y me descubres tus sentimientos.

—Nunca te di una idea equivocada. Si me reprochas mi pasividad anterior no me lo achaques a mi dejadez, sino a la cortedad femenina. ¿Y de Mercedes? ¿Y de Lola?, qué me dices tú.

—De ti fue de la que menos obtuve.

—¿Y qué querías sacar?

—Al menos de una prima se espera un trato preferente.

—Imposible, no puede haber ese tipo de trato, sólo debe haber igualdad —aclaró Elisa con audacia.

Feliciano se echó a reír, y a Elisa le penetró más honda la risa que su rubor.

—¿De qué te ríes? —preguntó Elisa.

—Porque antes no hubieras sido capaz de plantear esa comparación.

—Qué tiene de incorrecto.

—Nada, prima. Hoy lo perdonaría todo.

—Julián vendrá pronto. En el pueblo no queda casi nadie de los nuestros. Mercedes sí, pero tú ya la conoces, y aunque se familiariza en venir por aquí, no me agrada.

—¿Qué ha pasado?

—No tiene novio, y disfruta de lo lindo por este mundo…, al menos eso es lo que dicen.

—No será tanto, siempre fue una buena chica. No deberías dar crédito a quienes cuchichean.

—Y no se lo doy, por eso alterno con ella.

—¿Y qué más hay?, o el pueblo ha perdido su encanto.

—Con casi nadie me relaciono porque salgo poco. Si exceptúo a Mercedes, las demás están casadas, se han encerrado o se han marchado.

—Tendremos que hacer algo para divertirnos, ¿no es así?

—Yo soy feliz. Me aburro algo, nada más. Además, ahora contigo me divertiré —Elisa cambio de tema—. ¿Conoces a Octavio? Claro que sí, que tonta. El pobre está destrozado, cada vez está peor y sus paseos por la calle son para venir de visita a vernos.

—Es un chalado que se derrite en su propio hielo.

—¡Huy, huy!, acaso te preocupa.

—No, pero tú qué dices.

—Me guardo mi opinión.

—Recuerda, prima, que yo también soy hombre.

—Acabemos, ven conmigo, te enseñaré tu cuarto.

Feliciano se tranquilizó cuando entró en la habitación. Desde hacía años no se desligaba de sotanas, de compañeros inseparables y de dormir en un colchón que no le mortificara, salvo en momentos puntuales.

Serían unas vacaciones en regla respecto al alma y al cuerpo.

—¿Te permiten tus votos de castidad sacar los pies del plato?

—Dime tú —le respondió el primo—, ¿tienes novio?

—Qué tontería, claro que no. Seguro que lo sabes, ¿por qué me lo preguntas?

—Para saber de ti lo mismo que tu quieres saber de mí. No, no siento ninguna quemazón por ello, tengo mis preocupaciones.

Elisa se alejaba por el pasillo mientras seguía hablando, y Feliciano contempló a la que antes era niña, que se movía con desenvolturas de mujer, andares con cadencias femeninas y movimientos provocativos.

III

Después de la efusiva acogida a Feliciano, Elisa y su primo fueron un miércoles a visitar a don Pedro. La plaza por donde transitaban estaba abarrotada. Don Pedro hablaba en medio de la concurrencia con énfasis, lleno de energía y con exagerados aspavientos. El párroco estaba irritado. Estos arrebatos eran fugaces. Y tenía la terrible manía de pagarlo con quien estaba por su alrededor. Dicha alteración lo suscitaba que se discutiesen sus opiniones sobre los dogmas religiosos.

Escudriñaba Feliciano lo que detrás de aquella maraña de gestos había modificado su forma de ser. Por supuesto que los cambios habrían sido reducidos, dado que su función sacerdotal no permitía variaciones considerables. Feliciano atravesó la calle junto a su prima agarrados del brazo, lo que resultaba un aperitivo suculento de rumorología para alentar bulos.

Tres años, y ¡qué cambio!, cualquiera lo diría. El traje para la ocasión favorecía a Feliciano, que desde muy joven, antes de entrar en el seminario, se había enamorado de su prima; y examinaba la guapura que actualmente le sobrecogía, consecuencia de los años sin verla y que habían sido bastantes para convertirse en mujer.

A la puerta de la iglesia, Elisa se acercó a Feliciano y le habló.

—Te veo pensativo.

—Meditaba sobre las modificaciones operadas en el pueblo.

—Hablas como si te guiaran desde el seminario, ¿y ves muchas?

—Simplemente las necesarias.

El tiempo de llegada al templo, fue el mismo que ocupó a don Pedro en recorrer el camino por otra calle hasta la iglesia.

Un momento después se efectuaron los abrazos, parabienes, los derroches de simpatía y por último la conversación. Quien habló fue el cura. Recordó y recomendó las enseñanzas que había predicado, los anhelos de pureza de Elisa y las virtudes que la adornaban, el alcanzar lo celestial cuando se aspira a lo más elevado, y la realización de los quehaceres cotidianos que nos ennoblecen. Y agregó señalando a Elisa, "he aquí a mi gran feligresa". Después de una larga charla sobre conceptos metafísicos, se despidieron.

—Cuídala —aconsejó don Pedro al partir.

La autorización sacerdotal incitaba a Feliciano a intimar con su prima.

Cinco días más tarde, mientras Elisa y Mercedes conversaban en casa de la primera, Feliciano filosofaba para sí de este modo, "me encantaría entender cuáles son las causas trascendentes que autorizan a sacrificar el cuerpo para satisfacer el alma, aunque el jeroglífico es imposible que lo descifre un seminarista". Las dos mujeres estaban moviéndose. Mercedes rezumaba por el cuerpo más lozanía que Elisa, y era normal porque se cuidaba con esmero. La curiosidad de Mercedes consistía en averiguar qué se ocultaba tras el silencio de Feliciano, y quiso romper su mutismo.

—Pareces muy reformado.

—No es tanto, mujer. En lo sustancial soy el mismo. ¿Por qué lo dices?

—En tus buenos tiempos no estarías ahí sentado y tan callado, ya habrías arremetido contra nosotras.

—No te equivocas, pensaba en vosotras.

—Motivo de más para lo que digo. Algunos años nos cambia la vida a todos, aunque seamos los mismos.

—Lo ves, llevaba razón cuando afirmaba que no había cambiado.

Mercedes no callaba cuando la necesidad le obligaba a expresarse, y a pesar de que Elisa hubiese querido que enmudeciera, a Feliciano le entretenía.

—Puede que sí, pero resulta difícil hablar contigo —matizó Mercedes.

—No sé por qué. Soy un hombre abierto a cualquier materia, discusión o sugerencia; por ejemplo, podemos centrarnos en el amor y mostrar nuestros pareceres, aunque no se nos permita consumarlo.

—Yo estoy con estímulos bien distintos.

—Claro que sí, tú puedes agenciarte una pareja y yo no.

Elisa que había permanecido callada no quería entrar en la disputa y se excusó de forma discreta para efectuar el desalojo de la visitante, porque su interés era terminar con la reunión. Mercedes recogió la indirecta y se fue.

Entrada la noche, Feliciano como había sido ya alojado en su habitación, se retiró a su aposento. Una vez dentro de su cuarto, empezó a quitarse el traje. Después se acostó y se puso a leer. Tenía a qué dedicarse por la agitación del día, y voló su mente cuando prestó atención a las incidencias habidas. Como no le desaparecían, abandonó la lectura para hundirse en sus reflexiones.

Se le consideraba muy hombre por las debilidades de su naturaleza que a veces le llegaban de manera incontrolada. Para él, esa naturaleza constituía un pilar más fuerte que la razón, y como su voluntad era poco luchadora se colocaba del lado de lo natural. A veces se ensimismaba y, por más que alguien quisiese, nadie ahondaba en su interior.

Su distracción le intranquilizó porque le hizo detenerse en fantasías indiscretas que por su condición de futuro sacerdote no se toleraban. El largo período instalado en el seminario le daba derecho en esta escapada a un diminuto pecado, y buscando un eufemismo lo consideraba una simple pillería.

Se detuvo en las personas con las que había hablado durante la jornada, que eran Mercedes y Elisa.

No hay acto mejor realizado que cuando nos decidimos a hacer lo correcto para apoderarnos de algo, o sea, cuando el pecado no anula lo que se desea. Feliciano añoraba a las dos mujeres y se satisfacía al contemplarlas. Mercedes le enervaba, pero ¿qué haría Elisa si un día llegara a tocarla como si se tratase de un juego de niño, sin malicia alguna? En la noche se asombró Feliciano de su eficiente pensamiento al comprobar cómo agitaba su cabeza Mercedes. Cerró los ojos en una sensatez de prudencia para evitar pensamientos impuros, y empezó a remorderle la conciencia cuando oyó los pasos de Elisa a través del tabique.

A la tarde siguiente, Elisa se dirigió a ver a don Pedro, y después de recibir las recomendaciones del párroco y santificada con su bendición, se volvió a casa. Deseaba estar con Feliciano, quien sería su Ángel custodio y el receptor de su bienestar. Estaba dichosa por la presencia del primo y las posibilidades de familiaridad que se le ofrecían. La hombría del seminarista se detectaba en sus ojos y nunca quedaría resentida por la investidura sacerdotal. Podía compaginar lo espiritual con lo humano.

No hacía mucho de estas consideraciones, cuando penetró Elisa por la puerta de la casa donde Feliciano se hallaba. Se le acercó y se sentó a su vera. Desató la lengua y acertó a soltar sus emociones. El hombre escuchaba lo que exponía la mujer. Reían al unísono. Y en su regocijo puso la mano en la rodilla de Elisa que aparentó tener la calma suficiente como si fuera un hecho fútil. No por ello dejó de postrarse por la mañana a los pies de don Pedro arrepentida de surgirle graves pensamientos, pero omitiendo al pecador.

Por este estado de cosas, don Pedro tomó una determinación en la que Feliciano venía como "anillo al dedo". Podía ayudarle y actuar de maestro con Elisa.

Acabados los oficios se concentraron a la salida de la iglesia, e invitó el párroco a Elisa a que se adelantase.

—Temo por Elisa, y tú podrías ayudarme —destacó don Pedro una vez iniciada la caminata.

—No entiendo.

—Se trata de un indicio. Te diré que el otro día me habló de cosas de las que nunca me había comentado.

—Eso no es malo.

—Sí, habló de tentaciones.

—Todos las tenemos.

—Es posible, pero no es lógico hablar de desenfrenos del cuerpo. Quiero que me ayudes.

—Qué quiere usted que haga.

Feliciano no había calibrado las últimas palabras, pensaba en la causa que las había desatado. ¿Cómo un hecho tan trivial, de posar su mano en la rodilla, había tambaleado sus creencias? La quebradiza fe de su prima era manifiesta y se hallaba vinculada a la vida mundana como él: una palabra podía distraerla y un roce excitarla. Se le agolpaban las razones de la conmoción de Elisa. "Si coloqué la mano fue sin malicia, yo sentí algo, pero me abstuve de mostrar mis sentimientos. Puede que estemos hecho de la misma madera". Caminó en pos de Elisa y cogió su paso.

Elisa contempló a su lado la silueta de su primo.

—¿Ya habéis hablado?

—Sí.

—Qué os hace a los hombres ser descorteses con las mujeres, no repararáis en decirle que vayan por delante.

—Es que hablamos de ti.

—Vaya, y el bueno de don Pedro tan reservado. ¿Me dirás de qué habéis hablado?

Feliciano esbozó una sonrisa discreta, sabiendo la curiosidad que roía a Elisa que estaba muy enfadada.

Dos hombres caminan por la plaza.

—Fíjate quien va por allí —y acompaña la frase con un codazo a su compañero para que preste atención a Mercedes que se aleja por la calle.

El hombre la mira atentamente.

—Es Mercedes.

—Dicen que anda liada con ése.

—¿Con quién?

—Con el cura.

—¿Con don Pedro?

—No, hombre, con el medio cura, el primo de los Álvarez, el seminarista.

—Vete a saber.

—Y tú vienes ahora con ese remilgo. En el pueblo todo se sabe.

Mercedes marcha con la impaciencia de la mujer que se considera observada, es una de las cosas que no soporta.

—Lo sabré yo que es una buscona.

—Cabreado todavía por aquello.

—¿De qué?

—De su rechazo.

—Acaso no la tengo olvidada.

—Pero siempre que puedes hablas de ella.

—No es eso. Lo que ocurre es que se las entiende con cualquiera.

—Pobre Mercedes.

Mercedes traspasa la plaza y se pierde por una de las esquinas. "Ahora a pensar", se dice ella. "¿En qué? Soy una mujer virgen, como quieren, pero no me produce satisfacción. En realidad todas lo somos, lo que me pregunto es que si serlo nos hará felices o estúpidas. A mí la iglesia me pica y don Pedro no me soporta, como Elisa, pero ésta es una mística y no hay que hacerle caso. Cualquiera sabe qué trajín se traerá don Pedro después de lo que se entera en el confesionario. En fin, soy virgen y pierdo a Julián. Feliciano se pierde por Elisa. Al menos ésta que sepa lo que hace".

Después de hacer un examen sobre sus vivencias, se quedó dormida.

IV

La inquietud de Feliciano, hombre de principios religiosos, surgía de la valoración moral que se refería a los antojos de su cuerpo. Estaba convencido de que el pecado nos arrastra a todos, y puestos a pecar, dependía de la ética que se aplicase; o sea, comprobar si su relación con Elisa atacaba la moralidad defendida por la sociedad e inculcada por la Iglesia, o tenía que seguir los dictados que marcaba la naturaleza. La primera nos lleva a buscar arrepentimiento o confesión por la falta cometida contra la moral que se nos impone. La otra razón de la inclinación natural, está en la esencia de las personas y es inevitable. Si Feliciano resolvía seguir esta última, llegaría a su máxima consecuencia porque era lo que demandaba su cuerpo y le conducía a realizar el acto que le satisfacía.

Además ¿cuánto tiempo estaría de huésped en la casa?, un mes o dos. Una vez atrapado en la obsesión carnal, tendría que reincidir porque hay cierta atracción hacia lo prohibido. Su zozobra se originaba por estas ideas, al estar seguro de infringir mentalmente, antes de realizar, esa moralizante norma eclesiástica sobre el acto pecaminoso.

Cuando llegó la festividad del Corpus, Elisa iba en la procesión ataviada como una santa. Su primo la veía de lejos y la idealizaba para poder llegar a ella, sin percatarse de que la ferviente feligresa estaba en el cortejo por devoción.

Acabado el recorrido, Elisa marchó por la calle. Feliciano quería adecuar el compás andarín que llevaba ella sin atreverse a asustarla. Y como sabía que el primer paso era por lo general el más dificultoso, dijo acercándose.

—¿Me tienes aprecio, Elisa? —pronunció con un tono opaco, sin acento, muy sensible para la prima.

—Cómo no —respondió Elisa—. Qué preguntas tienes.

Callados, se miraron, y acordándose Elisa de la situación anterior en la que Feliciano posara su mano sobre su rodilla, le produjo la misma impresión de entonces, donde todo se desarrolló como el seminarista deseaba y donde ella lo admitía por no haberlo evitado. La relación se convirtió en los días sucesivos en un juego adulto de actuaciones descontroladas, sin que por ningún momento llegaran a ignorarlo.

Ocurrió simultáneamente que Mercedes hizo lo más práctico, dejó de ir a casa de Elisa. Así fue como Feliciano y su prima empezaron a tener las tardes libres de intrusa, y permanecían sin carabina hasta la llegada de Julián que lo hacía alrededor de las ocho de la tarde.

Y comenzó el juego de los seres que sexualmente se desembarazaron de sus conceptos morales preceptuados. Las vivencias diurnas eran más atrayentes que las nocturnas, porque aprovechaban más sus entregas en las horas vespertinas que por las noches. Elisa fue al principio un torbellino de desilusión, de llanto, de pérdida de confianza, de tormento por lo ejecutado, pero consintió su relación con el transcurso de los días, y se acostumbró a su cobijo amoroso. Al principio creyó que había transgredido la ética más sagrada, pero cuando se saciaba a pleno goce, se preguntaba que no podía ser el acto tan pernicioso, porque ¿qué mal había en ello? Otros sufrían por no hacerlo, mortificándose por contener el instinto. Transgredir la moral impuesta no era contrario a lo humano. La sexualidad la desarrollaban congeniando, y decía Feliciano que "algún día te confesarás y encontrarás la salvación". Al contemplarla desnuda y acostada con su escultural cuerpo, sus caderas que no habían sido creadas para quedar al margen del disfrute, le hormigueaba la pasión que mueve el mundo sexual, donde el hombre anhela todo tipo de apetitos, haciéndole olvidar en aquellos momentos su aventura sacerdotal.

Uno de los atardeceres en medio de sus desnudeces, Elisa le insinuó,

—¿Qué te parezco?

Feliciano la contempló sin contestarle.

—¿No es lo que se dice en estos casos? —siguió Elisa—. Soy una tonta pero no sé cómo comportarme. Has visto cómo he callado durante nuestras relaciones amorosas, y no es fácil para una mujer actuar así. Vosotros sois distintos porque nos hacéis muy difícil la situación… Y por favor di algo, me siento incómoda.

—Es que no sé qué decir

—Cuenta algo, lo que quieras. Di lo que opinas de mí.

—Yo debería ser el recriminado.

—No hables de cosas serias.

—Haberte imaginado como te veo, hace que no me hayas decepcionado.

—¿Acaso si no lo hubieses imaginado, lo estarías?

—Ni mucho menos.

—Pero luego te irás y todo se terminará.

—Sería improcedente recordarte ahora mi vocación. No encaja con lo que estamos haciendo.

—Ya —respondió Elisa volviéndose, mientras Feliciano la contemplaba. No dijo nada. Le pasó el primo la mano por detrás de la espalda y la tocó con delicadeza.

—Elisa, me oyes, no te apures —le susurró al oído—. Más lamentable sería desaprovechar los dones con los que te dotó la naturaleza.

—Yo no me hago esas preguntas.

—Eso es condescender —añadió, al tiempo que su prima cerraba los ojos.

—Me encantaría saber por qué entraste en el seminario. Era el que menos vocación tenía.

—Sabes que más adelante me prepararé para estudiar alguna carrera. Me serviría de mucho.

—¿La ejercerías?

—Bueno, el futuro es impredecible.

A la hora de acostarse, Elisa se paró en su puerta junto a la de Julián, y comprobó que la luz de la habitación de Feliciano estaba todavía encendida cuando se sobrepasaban las tres de la madrugada. Le preguntaría si también padecía de insomnio.

Tres días después Elisa meditaba,

"Y la barrera está ahí. Es Don Pedro, mi guía y mi bienhechor. Pero he descubierto mi felicidad y no sé si se lo tengo que exponer, aunque estropee el vínculo que me une a Feliciano, incluso puede que Don Pedro me repudie. Pero ¿cómo decírselo? Contárselo iría en contra de lo que con tanto pesar me postraba en el confesionario. Perjudicaría a Feliciano y también a mí misma. Mi primo se va, pero estos días han sido los más felices de mi vida, aunque han decaído por haberme comunicado su retiro al seminario. A saber qué ideas tendrá allí. Lo que no entiendo es, que si es tan bueno lo que hemos hecho, ¿por qué se le atribuye que es una acción pecaminosa? Voy a enloquecer de pensar tanto, y aún más lo estaré cuando se vaya. El año que viene lo veré porque nadie sabrá lo que hemos realizado. Ni siquiera don Pedro, no tiene por qué conocerlo. Es demasiado íntimo para que tenga luz verde alguien para meterse entre nosotros. Fue grande y bello. ¿Por qué no anunciarlo?,

¿por qué la gente tiene vergüenza a reconocerlo”

Elisa miró a don Pedro y a Feliciano que estaban en el altar mayor junto a ella.

—¿Contento por el tiempo pasado entre nosotros? —don Pedro tanteó a Feliciano— Ya es hora de que te vayas —y dirigiéndose a Elisa agregó—. No te aflijas muchacha porque dentro de poco, ahí donde le ves, se investirá de sacerdote. Las vacaciones por mucho que duren siempre acaban, y éstas han sido muy especiales.

—Cuando llegue al seminario os escribiré —replicó Feliciano.

—Muy bien, muy bien —don Pedro estaba ceremonioso—. Después de pasar estos primeros días, Elisa se encontrará más animada, ¿no es así?

—Sí, padre.

—... porque los estados de ánimos son los que ensombrecen el alma. Feliciano no se olvidará de nosotros y regresará. Te ha servido de mucho durante su estancia, pero tiene que ajustarse a las normas y regresar al seminario.

—Sí, padre.

—Feliciano —recalcó el párroco—, aquí donde la ves —y señaló a Elisa—, es en quien tengo puestas todas mis esperanzas.

—Lo intuyo, padre, lo intuyo.

El tren silbó y Feliciano inició la despedida. La gente se agitaba por los andenes con besos y apretones de manos. El tren silbó nuevamente y arrancó.

A partir de entonces se hizo un murmullo cotidiano en el pueblo.

—¡Bah!, siempre con tus cosas, por qué no la dejas en paz.

—Chico, naciste tonto y te morirás tonto. Es que no te das cuenta.

—Aunque me diera, y qué.

—Pero si en el pueblo es "voz pópuli".

—Otra vez con lo mismo.

—Si es una fulana. Para mí no hay engaño, siempre lo supe. Nada más había que mirarlos, con su cara de puta ella y la de santo él.

—¿Y por qué no le echan del seminario?

—Por su prima.

—Y qué tiene que ver ella.

—Chico, cuando digo que naciste tonto. Su prima es carne y hueso de don Pedro, y en el seminario se hace lo que él quiere. Este cura tiene muchas agarraderas.

—Y si luego te equivocas.

—No sería yo, sino el pueblo entero.

—Y si llegado el momento, Mercedes no tiene el niño. ¿Qué dirías a eso?

—Qué no puede ser, porque el seminarista con su cara bonachona se la ha "fregao".

—Y si no lo tiene.

—De todas formas, hoy hay muchos procedimientos para abortar.

Los dos amigos se pierden calle abajo.

V

El invierno hizo a la gente toser de firme. El descenso de la temperatura acatarró el pecho con fuertes resfriados y encamó a muchos con gripe. La lluvia llevaba semanas que se extendía por el pueblo. Las ráfagas de viento zarandeaban los árboles, y los habitantes se refugiaban en sus casas y contaban las semanas para que la época invernal avanzase y llegaran los primeros tímidos rayos de sol que anunciasen el arranque de la primavera. El termómetro descendió a tres grados, aunque la sensación térmica era que alcanzaba bajo cero. El frío llegaba muy adentro y plantaba su humedad en los bronquios, atravesaba los pulmones, y el virus gripal aleteaba a sus anchas.

Elisa había enfermado, aquejada de fuerte gripe desde hacía varios días. Su hermano había buscado a una mujer de faena, mal vista en el pueblo, de fama cuestionada, de sospechosa moralidad, a pesar de que otros la tenían por una mujer honesta. Nadie sabía de dónde venía la generalizadora opinión, quizá de su intento de no querer aborregarse. Una chica como ella no destacaba por querer vivir en el pueblo, tenía demasiada vitalidad para acatar la senda que le señalaban. Sus padres la tenían "prisionera", como ella afirmaba, y a la larga cogería carretera adelante. Si bien, detrás de las palabras de la sirvienta había un retraso en irse y una adaptabilidad a sus dueños. Su nombre era Petra, y de comprensible crítica pueblerina por haber sido admitida en la casa. Petra les servía y cuidaba de Elisa cuando su hermano trabajaba en la oficina, permaneciendo solas durante el día. Además, Petra era sirvienta barata, único lujo que se podían permitir.

Julián propuso meter a Petra para las labores caseras, y su hermana, alicaída y sin fuerzas, no se opuso. Ahora que estaba encamada, se acogía a la ventura de habérsele concedido esta gracia. Petra era una amiga para Elisa, por lo que ésta quedaba a expensas de la sirvienta. Sin embargo, la mirada de Elisa en estos días la ponía en el punto en que partió Feliciano y en los meses que tendrían que transcurrir hasta que retornara.

"Sabes lo que me contó una amiga de Petra", se comentaba, "que Julián está colado por ella". En general no eran todos los que deducían este enamoramiento, porque los que más, callaban. Ese silencio hacía este entronque inapreciable, menos para don Pedro que visitaba asiduamente a Elisa para interesarse por su tutelada y a informarse de la propagada difamación.

La presencia del sacerdote disgustaba a Petra por el miedo que infundía a su amiga, y que se reflejaba en su rostro cuando le hablaba de las penas del infierno, lo efímero de la vida, y de cuestiones negativas para asustar a los mortales. Aunque acogidas sus visitas por la enferma con deferencia, cuando don Pedro se marchaba su temor desaparecía.

Cuando la temperatura corporal de Elisa ascendió como agua hirviendo durante su enfermedad, el delirio por la figura de Feliciano ocupó sus sueños. Concibió la idea de que este recuerdo se sobreponía por encima de cualquier otro. Soñar con Feliciano significaba apoderarse de él, y en sus insinuantes pesadillas, lo poseía. Petra que se hallaba al lado, indagó el sonido de la boca de su señora y constató el desasosiego que la atormentaba. La sirvienta era su alivio, la mujer que le soportaba las charlas y sus quejas.

Petra hacía sus delicias en un cuarto habilitado para ella. Nunca había tenido oportunidad tan clara de vivir a su estilo y se lo agradecía a sus protectores. El cuarto tenía infinitas ventajas y era el lugar donde Julián planificaba que Petra le desvelaría sus escondidos secretos. Tan grande, tan hermoso, tan suntuario era el cuarto para una, y tan reducido, y lleno de sugerencias para el otro.

Se desvivió Petra con su dueña en la enfermedad. Se sentaba en el borde de la cama y le posaba la mano en la frente, "todavía tienes fiebre", aseguraba. Sus atenciones eran muy estimadas por Elisa. Le hacía tragar la comida para que no le provocara lo sucedido a doña Eusebia, la santa más fervorosa y de la que se enumeraban las causas de su muerte: su mala salud congénita, su delicada cabeza con sus dolores, su inflado estómago, y esa pulmonía que la había mantenido en vilo. De esas dolencias Petra destacaba, "lo último se la ha llevado, lo último", para ella la neumonía era la causa de su fallecimiento.

Cuando la enfermedad de Elisa quedó atrás, las dos mujeres se reconfortaron apoyándose mutuamente. Petra informó a Elisa de ciertas particularidades reservadas de Julián, cosa que nunca había revelado. Estimaba que no había traición en difundir asuntos íntimos donde lo ignoraba el interesado o donde únicamente podía intuir una ínfima conexión.

Una noche después de cenar, las dos se habían encerrado en el cuarto de Petra, y después de desnudarse ésta, se probó dos prendas interiores para que Elisa emitiera su veredicto. "Muy bonitas" le confirmó, pero se refería más a las formas de Petra que a sus ropas de encajes. Elisa removía su cabeza para aclarar si aquella chiquilla había hecho alguna insensatez de la que pudiera arrepentirse. Y mientras la contemplaba, le dijo en confidencia, "me pareces una mujer madura, por eso la mayoría ve en ti lo que muchos tapan con sonrojo. ¿Es acaso verdad, Petra?" La sirvienta captó la pregunta y no pudo por menos que ruborizarse por su prolongada desnudez delante de la amiga. "Depende de cómo se mire", respondió refiriéndose a su moralidad y no a cualquier otra actuación por la que hubiera sido interrogada. Elisa desconcertada empleó la misma vocalización que Petra, "depender, ¿de qué?", Petra le reiteró, "de cómo se mire". Petra se halló azorada en medio de la cama, esperando que Elisa rompiera la desagradable situación que había provocado. Elisa se acercó a su vera y se sentó. Le colocó la mano levemente en la espalda y empezó a tocársela con suavidad. Petra correspondió con una sonrisa.

Cuando se vistió, Elisa no anduvo remisa en averiguar si le complacía su hermano. Petra calló, porque si habían hablado de los apagones en la cama de Julián, tampoco abarcaron el tema en profundidad. Por el contrario, Petra se paralizó más por la desnudez acaecida antes, lo que alegró a Elisa, que por su muda respuesta, auguró un futuro halagüeño.

Lo curioso era como se ocupaba en el presente de Julián y no se centraba en Feliciano. Luego al acostarse, su sueño sería para el seminarista. Apartada por la noche de su hermano se refugiaría en su dueño y señor, persuadida de que éste en su retiro forzoso del seminario haría lo mismo. En esta noche de ensueños, se le representaron las imágenes de las personas que habían permanecidos desnudas delante de ella. Solamente dos se habían mostrado, y se le exteriorizó el contraste existente entre esos seres, sobre todo cuando el rubor de Petra fue tan significativo que llegó a captar Elisa una intriga de complicidad con ella. ¿Qué posible agitación invadió a Petra en aquel instante frente a otra mujer que por su propia configuración natural la observaba con absoluta normalidad? Esto se decía Elisa, mientras se reflejaba en su mente las personas que las consideraba muy suyas.

Petra le hablaba de señora, pero se tuteaban cuando estaban una frente a la otra. Hasta que un día Elisa también se desnudó como consecuencia de una nueva prueba para ver cómo le quedaba su ropa interior. Y sin ruborizarse le preguntó sobre el hombre del que días atrás llevaban hablando, "¿Y Julián?", a lo que respondió Petra, "nada de nada,

habrá que echarse a un lado", y volvió
a hacer conjeturas para que el invierno
fuera lo más ameno posible.

VI

Doña Eusebia había muerto. ¿Quién de los feligreses pertenecientes a la parroquia no estaba apenado? Recorría siempre los pasillos de la iglesia a la misma hora para arrodillarse en uno de los reclinatorios para escuchar la Santa Misa. Luego se iba con el mismo sigilo con el que había entrado, y sin que la vieran, porque casi nadie de la elevada sociedad transitaba por la calle. Sólo notaban su presencia los asiduos penitentes que asistían a la celebración de los oficios y los que por otras razones acudían para conversar con don Pedro. Muchos no se explicaban que aquella santa tuviera miedo a la muerte. Le rondaba esa fijación que no había hecho mella en Santa Teresa de Jesús. Algunas voces se alzaban proclamando que había que grabar su nombre en un monumento con letras de oro para inmortalizarla en su querido pueblo. Activista apasionada de la fervorosa religión, impulsaba la espiritualidad de los parroquianos. También algunos le mostraban ojeriza porque les había impedido ejercer los placeres en plena juventud, y argumentaban los que se manifestaban en contra, "que aquella bruja no había sido nunca joven". La caridad, esa pequeña parte de lo que de forma general y amplia se debía de hacer con los necesitados, constituyó su objetivo para defender con reducidas medidas a los débiles, lo que no obstaculizaba que doña Eusebia tuviera muchas trifulcas con las colectas para la iglesia. Con ánimo de zaherirla, la envolvían las censuras más crueles, ¿para qué se destinaban los fondos?, ¿se distribuían entre los más pobres? Por cualquier lado saltaba la desconfianza.

Julián y Elisa después del fallecimiento de doña Eusebia, y a días de la enfermedad griposa de ésta, aireaban la sugerencia hecha por don Pedro de que había que estar preparados para recibir estos funestos acontecimientos, si bien Elisa no compartía ya los enfoques de don Pedro, guardándose sin chistar sus discrepancias. De aquí, que escuchase con atención sus sermones, pero obraba según su propio criterio.

No transcurrió demasiado para que Elisa recayera de nuevo con otro catarro. Estaba demacrada, y Petra la divirtió mientras duró la recaída; además, seguía parapetándola tras un muro de los relatos del sacerdote sobre el temor de Dios. De ahí, que se diese una mayor amistad entre las mujeres sin sopesar la relación que mantenían por sus condiciones laborales. Sin duda, la persona más allegada a Elisa era Petra, y don Pedro para conseguir sus propósitos intentaba atemorizar a su protegida como si fuera una niña.

A Elisa le agradaba Petra como compañera de Julián, pero éste se mostraba tan sumiso, apagado y sin carácter para arriesgarse, que ni siquiera con la oportunidad que le ofrecía la sirvienta, no se convencía Elisa de que tuviera capacidad para usarla en su provecho. No era apatía lo que le resaltaba, sino falta de actitud en sus acciones. Era una manera consustancial con la gente del pueblo, que destrozaba a cualquiera dentro de su hábitat, haciéndole perder su ilusión. Las grandes distracciones de Julián se reducían a la caída de la lluvia, al canto de los pájaros o al paseo por la calle. Las dos mujeres urdían el medio idóneo de influirle. Hablaban a escondidas de argucias y actuaciones para sacarlo de su hondo estancamiento, hasta que por fin se centró la situación. "¿A ti te gusta mi hermano?", preguntó Elisa. A lo que contestó Petra, "es un buen mozo, pero no sé lo que le pasa, es tan apocado". Y acabó Elisa diciendo, "está claro que no te interesa". Así surgió la idea de que se podían asumir intimidades entre las interesadas, porque nos equivocamos cuando creemos que no hay solución por encima de los desastres amorosos.

Una noche Elisa se despidió de Petra con una cariñosa pose de mano sobre sus cabellos, y de su hermano con un beso en la frente, y a continuación se metió entre las sábanas. Hacía tiempo que no se acostaba pronto y por ello agitó su mente para distraerse. Sus pensamientos le condujeron hacia donde siempre se dirigían: se complació en la posesión de Feliciano, en su rostro, en su mirada, en la evocación que le atenazaba desde que los abandonó, en cuya imaginación se le representaba al hombre que se le había arrebatado para su ingreso en el seminario. Privarse de Feliciano lo consideraba muy duro, aunque era un pasaje de su vida que se proponía recuperar. Por el contrario, Julián y Petra nunca llegarían a emparejarse. Se lo había planteado Petra a Elisa al preguntarle ésta cómo se habían desarrollado sus retiros con Julián en su cuarto. A lo que le indicó, "no sé, pero es muy nervioso y no se deja querer"

Elisa había intuido por algunos indicios el aspecto retraído de su hermano, y sin haber querido convencerse de ello, las palabras de Petra le testimoniaron que Julián conseguía únicamente sobrevivir, en este instante, en el presente, como muchos otros…

Continuaba Elisa cumpliendo con el culto dominical y mantenía su apariencia de perfecta feligresa, aunque separada de la pompa que se desarrollaba dentro de la casa de Dios. Avanzaba por los laterales de la iglesia, y los devotos que la contemplaban discurrían que la muerte de la otra santa, Eusebia, la elevaba a los altares. Así lo anhelaba don Pedro que se había propuesto hacer de Elisa el bastión de las virtudes que adornaron a doña Eusebia para continuar haciendo obras santificadas en la parroquia.

Los días en que Elisa se dejaba ver por la iglesia, se traducían, desde hacía algún tiempo, a reducidas apariciones, porque sólo acostumbraba a ir cuando don Pedro la requería. Se hallaba más ligada a su casa acompañada de Petra y atendiendo a su hermano. Don Pedro ya no le amedrentaba ni le inculcaba ideas que tuvieran mayor resonancia que las figuraciones con las que soñaba, ese mundo de ensoñación que la apartaba de lo que desde niña le habían enseñado. Al consentir este divorcio ideológico con don Pedro, se notaba más segura, y defendía sus postulados de manera tajante cuando discutía con el párroco, quien se maravillaba de esta firmeza de personalidad echada de menos anteriormente. Empezaba a rondar por la mente del sacerdote el hecho de que se le hubiese escapado algún matiz que la desviaba de su trayectoria de santidad, aunque por su recato no se desprendía de Elisa carencia de espiritualidad cuando acudía para asistir a la Santa Misa. Arrastraba el cura las horas meditando sobre aquella chiquilla que se podía descarriar fácilmente, y cuyos temores aumentaban por los cambios que le había observado.

Las cosas empezaron a torcerse cuando Elisa se opuso a un tema sacerdotal, y don Pedro se indignó por su nulo tacto; pero luego, cuando la mujer se arrepintió con un suspiro ahogado de desconsuelo, el párroco le recordó a la otra feligresa, doña Eusebia, que meses atrás había fallecido. A Elisa le correspondía seguir adelante sin detenerse en pejigueras.

No se atrevió a mostrarle a Feliciano en una carta la totalidad de las novedades acaecidas. Le explicó parte de lo que le alarmaba.

"Querido Feliciano, puedo hablar con plena libertad porque no te censuran las cartas. Eso para mí tiene bastantes ventajas porque puedo desahogarme sobre lo que me aturde, en mi pueblo me es imposible hacerlo con alguien. Te dije hace meses que habíamos admitido a una sirvienta en la casa, pero no te hice llegar que es con Petra con la que me llevo estupendamente y se porta de maravillas conmigo. El que me da pena es Julián. Está muy deprimido, y seguro que es consecuencia de su fracaso con Petra. Es un tema delicado que afecta más a Julián por motivos de hombría. Y ahí lo tienes deshecho, en un lamentable estado. Y ni siquiera la noche que se acuesta con Petra escapa a esa frustración. Si pudiera decirte lo que pienso, lo comprenderías, pero no está bien relatar ciertas confidencias por carta, puesto que puede perderse, y siendo tú el único destinatario de la misma, eres el que debes enterarte. Voy camino de suceder a doña Eusebia. Bonita paradoja. Me fastidia, como podrás suponer. Espero que de mutuo acuerdo, tú y yo nos abracemos fuera de tu claustro. No serías el primero que se sale de un seminario para casarse. Sería un error por tu parte creer que no lo lograríamos, porque tú sientes lo mismo que yo y no lo podemos remediar. Deberías pensar en mí y, por ello, compartir mi angustia. Esto hace que sueñe que no llegarás a realizar tu investidura. Don Pedro me dice que no hay nadie tan capacitado como tú, que tus progresos son magníficos. Lo que te confieso es fruto de esa conmoción que nos destruye por carecer de la pasión que tuvimos en nuestras tardes y que se nos ha escapado. Espero tu respuesta. Tu prima Elisa, que te quiere".

Sentada en su cuarto se hallaba sola y le recorría una perturbación que le causaba desazón por la huida de Feliciano. Se cansaba de esperar, andar y mirar. Julián se manifestaba como caso aparte, fórmula distinta, raíces de un mismo árbol con ramajes en direcciones opuestas, y por mucha sabia similar que cruzara por sus venas, los hermanos no se conectarían en un pacto de consanguinidad. Era en la soledad de su cuarto cuando Elisa buscaba sus aspiraciones de coqueteo con el seminarista, e imaginaba encontrarse con la visión de su amado que se le colocaba delante: imantado a sus recuerdos, a su aliento, y agarrado a sus apariciones. Estos instantes le apetecían porque le traían sucesos inolvidables de su vida que la hacían distinta. La soledad era eje de su existencia y por eso no le preocupaba, pero la añorada ilusión no

le bastaba para alcanzar a su ser querido.

VII

Elisa había incitado a Julián a que sellara un acuerdo con Petra desde que sus faenas caseras comenzaron; luego desistió cuando demostró su impotencia que le imposibilitaba para hacer el acto sexual. "Espera, espera, y dale tiempo" decía Petra, que no quería que Elisa estuviera triste. Pero cuando pasó un intervalo pronunciado en los que Petra se cansó de Julián y estalló por no satisfacerle, una noche cuando se arremolinaba a su lado, tomó la resolución de no someterse más a los quehaceres extralaborales. Elisa le perdonaría su desvinculación porque no podía permanecer al margen de la inutilidad de Julián. Petra le echó en cara su vacío de hombre y le achacó su incapacidad para saciar a una mujer. Su potencia sexual era cero.

Maldita la gana que Elisa tenía de despedir a Petra. Antes hubiera preferido deshacerse de su hermano, pero las cosas estaban feas para mantenerla en casa, y de acuerdo con Petra, decidieron que ésta se marchara para calmar las aguas y volver más adelante. Esto le agobiaba tanto como la lejanía de Feliciano, y echaba en sueños los bofes corriendo hacía el seminarista.

Feliciano prometió que los visitaría pronto y su propuesta contentó a Elisa. Despertaba en ella expectación por cómo lo encontraría a su regreso, pero fue la muerte de Julián la que precipitó su venida. El fallecimiento de su hermano era una coyuntura oscura, al menos para Elisa. Le sugería que había sido un hecho accidental y provocado, más que una desaparición natural. Julián se había descuidado. El martilleo sonaba constante en el interior de Elisa. Su hermano había perdido la alegría de vivir porque se le había acentuado su anormalidad sexual y su desorden corporal, que eran los que le habían conducido a ese final. Ni siquiera Petra lo había malentendido porque lo conocía en toda su extensión y porque el comportamiento de Julián llevaba inexorablemente a este desenlace, trágico por cuanto que tenía de necesario, pero mitigado por lo que suponía de consecuencia lógica. Su muerte estaba justificada, no desmerecía de la otra que padecía en vida antes de fallecer. Elisa creía conocerle, pero era Petra, la más allegada, la que lo entendía en su vertiente total, puesto que había cosas íntimas que su hermana no pillaba. Para los demás era la Providencia la que con sus designios lo había convertido en cadáver. ¿Por qué Julián había sucumbido, con la esperanza de vivir que le ofrecía Petra? ¿Por qué no había sido como Elisa? Era difícil salir del bache en estos trances. Su desviación para vivir le vino a Julián de su anomalía física.

Su amigo Octavio se personó en la casa para despedir al amigo. Allí tuvo la oportunidad de saludar a Mercedes, pero su ojeo buscó a Elisa como exponente de la que más hermosura había desarrollado. Después de los pésames, encuentros y apagadas charlas, don Pedro, cansado de las actividades de la jornada, se ausentó con Octavio cuando la noche había entrado.

A la mañana siguiente, después del entierro y de rezar don Pedro las oraciones, se produjeron las despedidas en las afueras del cementerio, mientras Elisa desde el balcón de su casa se tropezó fijamente con la mirada de Petra.

Para Feliciano y Elisa empezaron a correr los días en que se auguraron un porvenir dichoso, y gozaron con sólo figurárselo. Hasta una llama les ardía con intenso calor para que se desarrollaran las relaciones de antaño. Durante meses habían avivado el fuego que se conservaba oculto. Feliciano se ocasionaba exaltado ardor con sus meditaciones y Elisa con su pretendido amor, frente a la falta de conocimiento que el resto de ciudadanos tenía de ellos.

Las prohibiciones del párroco que agobiaron a Elisa en sus primeros compases, originaban ahora en su mente la banalidad de las observaciones de don Pedro. Elisa se había separado definitivamente de sus consejos al sustituirlos por otros placeres que nunca logró en el campo espiritual. Y mientras ella se alejaba de la moral religiosa y la apartaba de sí, Feliciano la colmaba de besos, de mimos, de requiebros que había acumulado en su destierro del seminario, apartado de su mimética forma de actuar y de sus limitaciones en el terreno de lo espontáneo y natural.

Sin prever Feliciano los resultados, se dejaba llevar por el empuje de su prima que se hallaba distante del mundo donde otros le habían programado su existencia, sintiendo ganas de vivir apasionadamente. El seminarista se extrañaba cuando a días de concluido el duelo, Elisa estaba feliz. No se explicaba su proceder. ¿Qué clase de mujer era la que oliendo a féretro la casa, dejaba de percibir el aliento de su hermano? Cuando por la noche Feliciano se lo expuso, ésta respondió que "nunca había estado de acuerdo con Julián, y que era tanto como no quererle".

Días después, cogió Feliciano el tren con la promesa hecha por sus labios de que nunca volvería, no quería alimentar expectativas sobre un futuro que él tampoco sabía cómo iba a terminar; y esto fue lo que encolerizó a Elisa, que Feliciano la hubiese engañado.

Un primero de mes, penetró Petra por la puerta de la casa. Se había acicalado lo suficiente como para aparentar ser una mujer de postín. Saludó a Elisa que la estrechó entre sus brazos. Muerto Julián, el retorno se hacía obligatorio, descabezando como un sueño la desunión habida en aquel periodo breve de tiempo. Durante días se sintieron muy unidas y amigas, pero a Elisa le entró cierto temor si por un casual tenía que acoger a Feliciano si se le abrían las puertas del seminario para volver a ella, dado el posible conflicto que surgiría por su relación con Petra.

El imprevisto que podía ocurrir la asustaba, porque jugar con un doble sentimiento en el amor conducía a perder uno de los lados de la moneda. La ofensa que se le causaba a uno, sería la consecuencia de lo que obtendría del otro. "Mal asunto". Se alteraba Elisa por estar fuera de su esfera de control la decisión que tendría que tomar, obligándose a dejar a uno fuera de campo. Sin embargo, ella sentía amor por los dos, los quería intensamente, con pasión, incluso no habiendo mantenido relación con Petra, sino sólo haber sentido su piel cerca de su mano y haberla visto en su completa anatomía, que para ella resultaba suficiente. Era un dilema difícil de solventar.

Una mañana Petra estaba malhumorada por una carta que rodaba entre sus dedos como si fuera a caer de sus manos, y Elisa le preguntó de quién se trataba. Ante la falta de respuesta de Petra, se hizo con la carta antes de que resbalara al suelo por un descuido de sujeción de la sirvienta. Cuando la tuvo cogida vio el remitente, y se le heló su cuerpo: era de Feliciano. Estimó que anunciaría su vuelta como en los días precedentes lo había soñado, porque para anunciar que no volvía no era necesario recordárselo, ya que se lo había expresado con claridad cuando se marchó al seminario. Desesperada por el motivo al que se refería, dejó la carta en la mesa y la mantuvo fuera de su alcance para impedir que un desatino suyo promoviera su abertura. Petra se retiró más convencida de que la carta indicaba la vuelta de Feliciano y su salida de la vida mística, porque quienes le conocían pensaban que ese sería el final de aquella andanza religiosa. Se recluyó Petra en su cuarto con un decaimiento puesto en la recogida de su vestuario, tal vez por tener que rehacer de nuevo su despedida como semanas antes. Pasada una hora, volvió a salir con un pequeño paquete sin determinar la finalidad que envolvía su destino. Elisa intuyó que tenía que saber el punto de vista que Feliciano desarrollaba en la carta. La abrió con rapidez y nerviosismo. Cualquiera que fuera su decisión le traería sinsabores, porque en un sondeo hecho rápidamente sobre la libertad sexual de las dos personas, supo que alguno de los seres que amaba se opondría a que los tres vivieran juntos. Se puso a leer la carta, y su cara no mostró inquietud pero sí respuesta a su pesadumbre por las precisas explicaciones de Feliciano. Miró con tierna dulzura a Petra y se le reprodujo la escena del cuarto cuando desnuda la acarició con suavidad.

Publicada en Abril de 2022